COLLECTION FOLIO

DU MÊME AUTEUR

Chez d'autres éditeurs

PAUVRES CHÉRIS, *Editions du Centurion*, 1978.

LA DÉMOCRATIE? PARLONS-EN !, *Editions Alain Moreau*, 1979.

LES COURS DU CAOUTCHOUC SONT TROP ÉLASTIQUES, *Editions La Découverte*, 1982.

C'EST LE GOULAG !, *Editions La Découverte-Le Monde*, 1983.

POLITIC LOOK, *Album de B.D.*, *Editions du Centurion*, 1984.

PAS NETTE, LA PLANÈTE, *Editions La Découverte-Le Monde*, 1984.

BONNE ANNÉE POUR TOUS, *Editions La Découverte-Le Monde*, 1985.

ÇA MANQUE DE FEMMES !, *Editions La Découverte-Le Monde*, 1986.

À LA SOUPE !, *Editions La Découverte-Le Monde*, 1987.

WOLFGANG, TU FERAS INFORMATIQUE !, *Editions La Découverte-Le Monde*, 1988.

DES FOURMIS DANS LES JAMBES, *Editions La Découverte-Le Monde*, 1989.

C'EST LA LUTTE FINALE, *Editions La Découverte-Le Monde*, 1990.

UN VAGUE SOUVENIR, *Le Monde Editions*, 1990.

PLANTU

OUVERTURE EN BÉMOL

Gallimard

Les dates et les citations
ont été établies à partir de la documentation du *Monde*.
© Éditions La Découverte et Journal *Le Monde*, 1988

RÉBELLION : une tentative de putsch militaire aux Philippines est matée par les forces armées fidèles à Cory Aquino (cinquante-cinq morts). La présidente forme un gouvernement de techniciens après avoir été contrainte de se séparer de ses principaux collaborateurs.

FRONT NATIONAL
Septembre 1987

DÉTAIL : Jean-Marie Le Pen déclare que l'existence des chambres à gaz dans les camps de concentration nazis est *« un point de détail de l'histoire de la seconde guerre mondiale »*.

COMMISSION
NATIONALE
COMPOSÉE DE
LARBINS

DROIT DE RÉPONSE : le 12 septembre 1987, l'émission de Michel Polac sur TF1 est consacrée à l'audiovisuel et à la CNCL.

AUDIOVISUEL
Septembre 1987

CENSURE : Francis Bouygues licencie Michel Polac et supprime « Droit de réponse ».

RESPECT : vive polémique à la suite de la déclaration de François Mitterrand affirmant que la CNCL « *n'a rien fait jusqu'ici qui puisse inspirer le respect* ».

GIROUETTE : la Libye, qui était avec la Syrie un des seuls pays arabes à soutenir l'Iran, s'entend avec l'Irak pour « *établir des relations fraternelles* ».

MINES : surpris en train de mouiller des mines au large de Bahreïn, un navire iranien est attaqué par des hélicoptères américains.

RÉFÉRENDUM : malgré les consignes de boycottage des indépendantistes de Nouvelle-Calédonie, les « loyalistes » remportent un net succès au référendum. Jacques Chirac présente à Nouméa un nouveau statut d'autonomie interne.

ROYAUTÉ : le comte de Paris prépare sa succession en organisant à Amboise un « acte dynastique » à l'intention de son petit-fils Jean, nommé duc de Vendôme.

SOYEZ PLUS PRÉCIS DANS VOS RÉPONSES !..

L'ATTENTE : François Mitterrand, participant à l'émission « Le monde en face », affirme qu'il ne « *connaît pas sa décision* » pour la présidentielle de 1988.

« *Je suis persuadé que M. Mitterrand annoncera sa candidature le jour des Rameaux. On verra alors le grand tonton réparateur arriver sur son âne pour nous délivrer de nos péchés.* »
Philippe de Villiers.

« *Si Mitterrand n'est pas candidat, je veux bien qu'on me coupe la main.* » **Denis Baudouin.**

« *Mitterrand ne se représentera pas !* » **Michel Rocard.**

15

COHABITATION
Septembre 1987

MUR : Jacques Chirac quitte Paris pour rencontrer le chancelier Kohl à Berlin-Ouest.

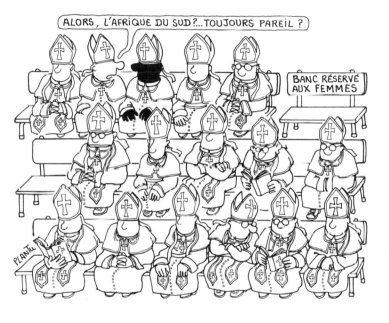

RELIGIONS : le synode des évêques au Vatican s'intéresse au rôle de la femme au sein de l'Eglise catholique.

LES EMBARRAS DE PARIS

FRANCE-AFRIQUE DU SUD : la venue à Paris de M. « Pik »
Botha, ministre sud-africain des affaires étrangères, suscite de
vives protestations dans la classe politique.

26 OCTOBRE 1987 : le président Mitterrand fête ses soixante et onze ans.

KRACH
Octobre 1987

LUNDI NOIR : le 26 octobre a lieu sur les marchés boursiers un deuxième « lundi noir » : les indices perdent 4,8 % à Tokyo, 4,9 % à Paris, 8 % à New York et même 33 % à Hong-Kong.

DÉFICIT : la Maison Blanche et le Congrès négocient un compromis sur la réduction du déficit budgétaire. Le gouvernement français choisit la voie d'états généraux pour s'attaquer au déficit de la Sécurité sociale.

« Les principaux indicateurs économiques sont en train de nous envoyer un message : tout se passe bien. » **Ronald Reagan.**

ÉTATS-UNIS : afin de calmer l'agitation boursière, le président Reagan réunit à Washington une conférence de presse.

PRIVATISATIONS : l'action Suez, pour sa première cotation, s'établit à 261 F, soit 17,6 % au-dessous du prix de l'offre publique de vente.

REPORT : Edouard Balladur annonce que la privatisation de Matra, prévue à partir du 26 octobre, est reportée en raison de la crise boursière.

« *La Bourse va repartir d'un bon pied.* » **Edouard Balladur.**

KRACH
Octobre 1987

33

KRACH
Octobre 1987

EXCLUSION : Pierre Juquin, chef de file des rénovateurs communistes, est exclu du PC après avoir annoncé sa candidature à l'élection présidentielle.

RÉAPPARITION : en URSS, Mikhaïl Gorbatchev, qui n'avait pas été vu en public depuis le 7 août, réapparaît à Moscou, où il reçoit un groupe de personnalités françaises.

37

NOUVELLE-CALÉDONIE : la cour d'assises de Nouméa acquitte les sept auteurs de l'embuscade de Hienghène : le 5 décembre 1984, dix militants indépendantistes avaient été massacrés lors d'une fusillade.

BAVURE : la CGT et le PC protestent contre l'« assassinat » d'un de leurs militants. Il avait été mortellement frappé par des policiers lors d'une manifestation.

FMI
Novembre 1987

PRÊTS BANCAIRES

JE VOUS AI AMENÉ QUELQUES AMIS !

DETTE : le poids excessif de la dette extérieure, évaluée au total à 380 milliards de dollars, est dénoncé par huit chefs d'Etats latino-américains.

« Quand on pense que la crise boursière a coûté plus cher en une semaine que la totalité de la dette des pays en voie de développement, on s'aperçoit à quel point les pays riches sont inconscients. »
François Mitterrand.

FMI
Novembre 1987

MANIFESTATIONS : des émeutes ont lieu à Brasov, en Roumanie, où les protestations de milliers d'ouvriers contre les réductions de salaires et les pénuries se transforment en manifestations contre le régime du président Ceausescu.

OTAGES
Novembre 1987

DÉGEL FRANCO-IRANIEN : deux des cinq otages français détenus au Liban, Jean-Louis Normandin et Roger Auque, sont libérés
à Beyrouth-Ouest. A quel prix ?

AFFAIRE GORDJI : Wahid Gordji quitte l'ambassade d'Iran à Paris pour être entendu par le juge Boulouque, qui estime qu'il n'a pas *« de charges devant entraîner son inculpation »*.

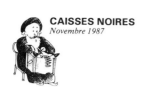

16 novembre : attribution des prix littéraires.

AFFAIRE LUCHAIRE : le rapport du contrôleur général Barba sur les ventes illicites de munitions à l'Iran par la société Luchaire entre 1983 et 1985 est publié par *le Figaro*. *L'Express* et *le Point* affirment que le PS a touché des commissions sur les ventes d'armes.

« *En tout état de cause, les ventes d'armes sont condamnables tant du point de vue de la morale que de celui du progrès et du développement des nations qui manquent de tout* », déclarait Charles Hernu en juin 1981.

« *Luchaire, plus Greenpeace, ça fait beaucoup.* » **Laurent Fabius.**

« *Je suis de marbre. Ai-je une tête à vendre des armes à l'Iran ? (…) On ne va pas continuer à me faire porter le chapeau.* » **Charles Hernu.**

FINANCEMENT : François Mitterrand s'explique sur l'affaire Luchaire et presse le gouvernement de présenter un projet de loi sur le financement des partis. Jacques Chirac répond qu'il « *fera tout pour faciliter un accord* ». Une réunion est donc organisée à Matignon avec les chefs des cinq grands partis.

Interrogé sur RTL, François Mitterrand assure que le PS n'a pas reçu un centime sur ce trafic : *« J'en mettrais ma main au feu. »*

« Qui n'a pas financé un jour sa campagne électorale par des fausses factures ? La fausse facture est à l'univers politique aussi nécessaire que l'air pur à un homme normalement constitué. »
Alain Madelin.

MICHEL DROIT INCULPÉ : l'académicien français, membre de la CNCL, dépose une requête en suspicion légitime contre le juge Grellier, qui l'avait inculpé de forfaiture.

MAGOUILLE : le juge Grellier est dessaisi par la Cour de cassation du dossier de Michel Droit.

ACCORD : Ronald Reagan et Mikhaïl Gorbatchev signent le 8 décembre à Washington le traité sur l'élimination des missiles intermédiaires.

ÉTATS-UNIS/NICARAGUA : Ronald Reagan demande au Congrès américain une aide de 36 millions de dollars pour les « contras ».

DÉSACCORD : le conseil européen de Copenhague s'achève sur un échec. Les Douze n'ont pas réussi à s'entendre sur la maîtrise des dépenses communautaires.

ESPAGNE : l'explosion d'une voiture piégée devant une caserne de la garde civile, à Saragosse, fait onze morts, dont cinq enfants. Deux cent mille personnes manifestent le 13 décembre dans la capitale aragonaise contre l'ETA, qui revendique l'attentat.

AMNESTY INTERNATIONAL : l'organisation humanitaire dénonce les tortures sur les enfants. Le rapport souligne aussi que des milliers d'entre eux sont victimes d'emprisonnements politiques, de condamnations à mort et d'assassinats.

FAMINE : le Comité international de la Croix-Rouge lance un pressant appel en faveur des cinq millions d'Éthiopiens menacés de famine.

RALLYE PARIS-DAKAR : la compétition « sportive » provoque la mort de six personnes, dont une femme et deux enfants africains.

DÉPART : Mikhaïl Gorbatchev annonce le 8 février que les troupes soviétiques se retireront d'Afghanistan dans les dix mois à venir.

Y'A PAS GRAND-CHOSE DANS LE MAGASIN, MAIS ÇA VAUT LE COUP D'ATTENDRE !

PERESTROIKA : Mikhaïl Gorbatchev fait devant le comité central le bilan des difficultés rencontrées dans l'application de sa politique d'ouverture.

VOUS SAVEZ... C'EST CE MONSIEUR QUI SE CROIT TOUJOURS SOUS STALINE !

PSYCHIATRIE : le responsable de la psychiatrie au ministère soviétique de la santé annonce que deux millions de personnes seraient rayées de la liste des malades mentaux.

VAGUE D'OPA
Février 1988

BELGIQUE : bataille économique entre Carlo De Benedetti et le groupe financier Suez et ses alliés franco-belges pour obtenir la majorité des parts de la Société générale de Belgique.

Le groupe Schneider essaie de prendre le
contrôle de Télémécanique, dont le person-
nel se mobilise.

BRUXELLES : réunion des chefs d'État et de gouvernement de la
Communauté européenne.

« *Au revoir, monsieur le premier secrétaire !* » et « *Bonjour la vie !
Bonjour l'action !* » : Lionel Jospin a ainsi annoncé sa décision de
quitter, après l'élection présidentielle, son poste de premier secrétaire du Parti socialiste.

GUERRE DES PIERRES : la révolte des Palestiniens se poursuit dans les territoires occupés. En février, le bilan officiel de la répression menée par l'armée israélienne s'élève à soixante-quatorze morts depuis le 9 décembre 1987.

OLP-ISRAËL : l'organisation palestinienne met en cause les services secrets israéliens, à la suite du sabotage d'un ferry-boat qu'elle venait d'affréter à Chypre pour rapatrier symboliquement cent trente Palestiniens expulsés.

ISRAËL : un commando de l'OLP attaque un autobus israélien dans le désert du Néguev. Bilan : six morts (trois civils israéliens et les trois membres du commando).

CORSE : un commando de l'ex-FLNC assassine un gendarme en faction devant la caserne Battesti d'Ajaccio.

DROGUE : l'état d'urgence est décrété au Panama par le général Noriega, homme fort du pays, dénoncé par les Etats-Unis comme étant un important trafiquant de drogue.

ARMES CHIMIQUES : l'aviation irakienne largue des bombes chimiques sur une ville du Kurdistan conquise par les forces iraniennes et leurs alliés kurdes. Cinq mille personnes sont tuées.

PRÉSIDENTIELLE
Mars 1988

Deux anesthésistes accusés d'avoir, durant l'opération d'une jeune femme, inversé les tuyaux d'un respirateur sont jugés à la cour d'assises de la Vienne.

PLANTU

Février : Voyage en Irlande

Mars : Voyage en Forêt-Noire

J'IMAGINE QU'ON VA À BADEN-BADEN, MON GÉNÉRAL ?

PLANTU

Homme de
gauche cherchant
un truc à dire
sur la droite

Homme de
droite cherchant
un truc à dire
sur la gauche

Homme de
droite cherchant
un truc à dire
sur tout le
monde

Journaliste
cherchant
un truc original
à dire à ses
lecteurs

PLANTU

BONJOUR LES NERFS : durant les dernières semaines, le monde politique et médiatique se demande si François Mitterrand va oui ou non se représenter.

L'ANNONCE : François Mitterrand annonce le 22 mars sa candidature à l'élection présidentielle, pour lutter contre les *« germes de la division »* semés par les *« partis qui veulent tout »*, les *« clans »*, les *« bandes »* et les *« factieux »* qui menacent la *« paix civile »*.

EDGAR FAURE
Mars 1988

HOMMAGE A EDGAR FAURE : après la mort, le 30 mars, de l'ancien ministre, de nombreuses personnalités politiques, dont François Mitterrand, Valéry Giscard d'Estaing, Jacques Chirac, lui rendent un dernier hommage.

SOUHAITS : le 31 mars, en conclusion de l'émission « Questions à domicile » sur TF1, François Mitterrand lance aux Français un solennel *« Joyeuses Pâques ! »*

François Mitterrand rend publique sa *Lettre à tous les Français*.

Raymond Barre invité à « L'heure de vérité ».

Intervention, sur TF1, de l'ancien président
de la République, Valéry Giscard d'Estaing.

AFFICHES : Jacques Chirac demande au tribunal des référés de
Paris d'interdire certaines affiches de François Mitterrand tenues
pour illégales.

« *Je constate que certaines de mes idées n'ont pas laissé indifférents aussi bien le RPR que le candidat socialiste. S'il y avait des droits d'auteur dans cette campagne, j'en toucherais beaucoup.* » **Raymond Barre.**

VOTE DES IMMIGRÉS : dans sa *Lettre à tous les Français*, François Mitterrand écrit : « *Même si je sais que vous êtes dans votre grande majorité hostiles à une mesure de ce genre* [participation des immigrés aux décisions politiques locales ou nationales], *je déplore personnellement que l'état de nos mœurs ne nous la permette pas.* »

Le musée du Louvre lance une souscription publique pour acquérir un tableau de Georges de La Tour convoité par des acheteurs étrangers.

BOYCOTTAGE : Bernard Pons ayant décidé d'organiser le même jour en Nouvelle-Calédonie les élections régionales et présidentielle, le FLNKS réaffirme sa décision de boycotter ces élections.

TUERIE : le 22 avril, un « commando » du FLNKS attaque un poste de gendarmerie sur l'île d'Ouvéa. Quatre gendarmes sont tués et vingt-sept autres sont pris en otages.

ATTENTAT : en Corse, cinq gendarmes sont blessés dans un attentat organisé par l'ex-FLNC près de Calvi.

107

PREMIER TOUR : le 24 avril, François Mitterrand arrive en tête, avec 34,09 % des suffrages exprimés. Jean-Marie Le Pen se félicite du *« tremblement de terre politique »* provoqué par ses 14,39 %.

Antoine Waechter obtient 3,78 %.

Le PCF enregistre le plus faible score de son histoire, avec 6,76 %.

Pierre Juquin : 2,1 %.

Jacques Chirac (19,94 %) reçoit le « soutien » de Raymond Barre
(16,54 %).

DUEL : le 28 avril, François Mitterrand et Jacques Chirac s'affrontent dans un face-à-face télévisé.

« *J'ai la liste des impôts que vous avez augmentés. C'est impression-nant. Vous avez plus que doublé le taux de la TVA sur les aliments pour les chiens et les chats.* » **Jacques Chirac.**

CLIN D'ŒIL : Charles Pasqua assure que le Front national se réclame des *« mêmes valeurs que la majorité »*.

FRONT NATIONAL : le 1er mai, cinquante mille militants du Front national défilent aux Tuileries devant Jean-Marie Le Pen et célèbrent la fête de Jeanne d'Arc.

LIBÉRATION DES OTAGES : le 4 mai, Marcel Carton, Marcel Fontaine, et Jean-Paul Kauffmann, les trois derniers otages français détenus depuis trois ans au Liban, sont libérés, à quatre jours de l'élection présidentielle.

19 ABSTENTIONS À OUVÉA

OPÉRATION « VICTOR » : le 5 mai est déclenchée l'opération militaire qui permet de libérer les vingt-trois otages. Bilan : deux militaires et dix-neuf Canaques sont tués.

« Il n'y a pas de médiation possible. Il n'y a que la soumission des rebelles ou alors leur extermination. » **Jean-Marie Le Pen.**

THÉÂTRE : soirée des Molières diffusée sur Antenne 2.

SONDAGES : les publications de sondages sont interdites la semaine précédant le vote.

MITTERRAND PRÉSIDENT : au second tour de l'élection présidentielle, le 8 mai, François Mitterrand l'emporte avec 54,01 % contre 45,98 % à Jacques Chirac.

GOUVERNEMENT : le premier cabinet Rocard témoigne de l'échec de la politique d'ouverture annoncée : sur vingt-sept ministres, dix-neuf appartiennent au PS.

« Il n'y a pas d'obstacle de principe à gouverner avec les socialistes. » **Simone Veil.**

« François Mitterrand est le spécialiste du piège à consensus. » **Alain Juppé.**

L'OTAGE DU FRONT NATIONAL

N'A TOUJOURS PAS ÉTÉ LIBÉRÉ

SOMMET : A Moscou, quatrième rencontre au sommet entre Mikhaïl Gorbatchev et Ronald Reagan.

SOMMET DE TORONTO : Réunion au sommet des sept pays les plus industrialisés.

MAGOUILLES : Bernard Tapie se présente à Marseille. Un accord conclu entre l'URC et le FN prévoit le retrait réciproque des candidats de droite et d'extrême droite dans les Bouches-du-Rhône.

« *Un volume de Le Pen et cinq volumes de Gaudin, ça fait quand même un pastis un peu amer.* »
Michel Rocard.

LÉGISLATIVES
Juin 1988

2ᵉ TOUR : Le PS et ses alliés gagnent soixante et un sièges aux élections législatives, mais n'atteignent pas la majorité absolue.

PRÉSIDENTS DE GROUPES : Louis Mermaz est élu président du groupe socialiste de l'Assemblée nationale. Bernard Pons est élu à la tête du groupe RPR et Jean-Claude Gaudin est élu à la tête du groupe UDF.

ASSEMBLÉE NATIONALE : Laurent Fabius est élu président de
l'Assemblée nationale.

LIONEL STOLÉRU
SECRÉTAIRE D'ÉTAT
AU **PLAN**

C'EST ÇA
SON
PLAN ?

DOUBLE OUVERTURE : Michel Rocard, reconduit dans ses fonctions, forme un gouvernement marqué par une « double ouverture » : vers le centre et vers la « société civile ».

Et alors, chers téléspectateurs, il se passe une scène tout à fait extraordinaire : Le Roi, fraîchement couronné, fait appeler son chambellan, son fidèle Michel (dit "Tintin l'ouverture") et lui dit cette chose ô combien singulière : "Je veux des têtes nouvelles, des maréchaux, des hussards, des rémouleurs de tous horizons, n'importe qui... même Soisson, Schwartzenberg ou Decaux !" Quelle n'était pas ma surprise, mes chers amis !

Alain Decaux : ministre délégué à la francophonie.

Brice Lalonde : secrétaire d'Etat à l'environnement.

TROUBLE : Pierre Mauroy et le bureau exécutif du PS expriment leur « trouble » après l'entrée des barristes (MM. Soisson et Rausch) au gouvernement.

BÉMOL : De très nombreuses manifestations, organisées par des professionnels et des amateurs, marquent, le 21 juin, la Fête de la musique.

Lionel Jospin : ministre de l'éducation nationale.
Jean-Pierre Chevènement : ministre de la défense.

FERMETURE
Juin 1988

RELIGION : Malgré les objurgations du pape, Mgr Marcel Lefebvre ordonne quatre évêques au séminaire traditionaliste d'Ecône. Son excommunication ainsi que celle des évêques consacrés provoquent un schisme dans l'Eglise catholique.

GLASNOST : Mikhaïl Gorbatchev ouvre à Moscou la dix-neuvième conférence nationale du Parti communiste.

145

OUVERTURE
Juin 1988

OUVERTURE : Raymond Barre s'entretient avec Michel Rocard
à propos de la Nouvelle-Calédonie.

NOUVELLE-CALÉDONIE
Juin 1988

NOUVELLE-CALÉDONIE : Un accord sur l'avenir de la Nouvelle-Calédonie est conclu entre les délégations du RPCR et du FLNKS, conduites par Jacques Lafleur et Jean-Marie Tjibaou, réunis à l'hôtel Matignon, autour de Michel Rocard.

149

VATICAN-AUTRICHE : Voyage très controversé de Jean-Paul II en Autriche.

« *Tant qu'on n'a pas prouvé que Kurt Waldheim a étranglé six juifs
de ses propres mains, pas de problème.* »
Michael Graff, secrétaire général du Parti populiste autrichien.

151

EXHIBITION : Trois des cent trente passagers sont tués après la chute d'un Airbus A-320 en démonstration au-dessus de l'aéroport de Mulhouse.

BORDEL : Dans les aéroports, les départs en vacances sont particulièrement perturbés par les grèves successives des pilotes et des aiguilleurs du ciel.

HAITI : Le président Leslie Manigat est renversé par le général Henri Namphy.

DUKAKIS : A Atlanta (Georgie), les démocrates refont leur unité autour de Michael Dukakis pour être le candidat du parti à l'élection présidentielle.

IRAN-IRAK
Juillet 1988

PLANTU

ESPOIR : L'Iran accepte officiellement le principe d'un cessez-le-feu avec l'Irak.

BILAN
Juillet 1988

SÉRIE : A la gare de Lyon, cinquante-six personnes ont été tuées dans la collision de deux trains de banlieue. Sur les routes, le nombre des accidents mortels a augmenté de 71 % en un an.

PALESTINE : Le roi Hussein de Jordanie annonce la « rupture des liens légaux et administratifs » entre son pays et la Cisjordanie, affirmant répondre ainsi « à la volonté de l'OLP, représentant unique et légitime du peuple palestinien ».

ENTREZ! FAITES COMME CHEZ VOUS!

PLANTU

ON PEUT PLUS CASSER LES MACHINES, ON PEUT PLUS COGNER LES PATRONS !...

J'TE L'DIS, ICI, C'EST LE CHILI !!!...

PLANTU

AMNISTIE : La loi d'amnistie est définitivement adoptée. Toutefois, la décision du Conseil constitutionnel d'exclure de l'amnistie les salariés condamnés pour fautes lourdes provoque les protestations du PCF et de la CGT.

Les Conseils de Krasu-Futé:

JE PRÉVOIS DES EMBOUTEILLAGES MONSTRES EN SEPTEMBRE ENTRE LA BASTILLE ET LA RÉPUBLIQUE!

PLANTU

« **ÉLECTIONS** » : Le général Pinochet annonce sa candidature à la présidence de la République chilienne.

SOLIDARITÉ : Les dirigeants polonais acceptent de discuter du pluralisme syndical avec Lech Walesa, président du syndicat Solidarité.

« Monsieur Durafour… crématoire », **Jean-Marie Le Pen.**

CINÉMA : Présentation en Europe du film de Martin Scorsese *la Dernière Tentation du Christ*.

POLITIQUE : Le RPR exclut tout accord, même local, avec l'extrême droite.

RUBICON : Raymond Barre veut constituer une « force de gouvernement » capable de réussir une coalition avec les socialistes : « Je souhaite une force qui soit homogène, autonome et responsable et non pas une poussière groupusculaire de ludions agités, de personnages hardis dans la parole qui courent vers le Rubicon et s'arrêtent pour y pêcher. »

ÉVÉNEMENT DE PORTÉE MONDIALE : Christine Ockrent recommence à présenter le journal de 20 heures sur Antenne 2.

GROGNE : Des députés socialistes mettent en cause la politique économique de Michel Rocard.

CNPF : François Perigot demande au gouvernement *« audace, rigueur et cohérence ».*

MOSCOU : La *Pravda* réévalue le rôle joué par Trotski.

FÊTE DE « L'HUMANITÉ » : Un défilé de mode Yves Saint Laurent a lieu à La Courneuve.

« **SPORT** » : Des centaines d'étudiants sud-coréens s'affrontent avec la police anti-émeutes de Séoul.

174

Index

🕭 *Impression Tardy Quercy S.A. à Bourges (Cher)*
le 6 mai 1991
Dépôt légal : mai 1991
Numéro d'imprimeur : 16602

ISBN 2-07-038385-7 - Imprimé en France
Précédemment publié aux Éditions La Découverte
et Journal *Le Monde*
ISBN 2-7071-1794-3
52570